Rub og stub
- vendepunkter

Udgivelser af forfatteren

Romaner
Hemmeligheder. BoD
Tab og vind. BoD

Vendepunkter
6 Rub og stub. BoD
5 Revl og krat. BoD
4 Det bimler og bamler. BoD
3 Det knirker og knager. BoD
2 Bulder og brag. BoD
1 Himmel og hav. BoD

Pædagogik
Pædagogik – refleksion og faglighed. Reitzels Forlag
Case – situationsbeskrivelser. Systime
Pædagogikkens 7 forhold. Semi-forlaget
Udviklingsarbejde – hvordan. Semi-forlaget
Forældresamarbejde – en uvant praksis. Rokkjærs forlag
Nej til folkeskolen? Ja til ansvar. Borgens Forlag

Åge Rokkjær

Rub og stub
- vendepunkter

Rub og stub

2. udgave
© 2021 Åge Rokkjær
Omslag og opsætning: Åge Rokkjær og Niel Rokkjær
Forlag: BoD – Books on Demand, Hellerup, Danmark
Tryk: BoD – Books on Demand, Norderstedt, Tyskland
ISBN: 9788743033134

Vendepunkter

Jeg beretter om hændelser, følelser, oplevelser,
undren, stillingtagen, optagethed – alt sammen
fragmenter fra og omkring mit liv.

Fortællinger om fortiden,
nutiden og fremtiden.

Fortællinger om tanker
og drømme.

Der er fortællinger overalt.
Selv du er en fortælling.
Fortæl, fortæl.
For det er meningen
med dig og mig.

God fortællelyst
Åge Rokkjær

Det sker

- DER ER MEGET MAN
IKKE KAN GØRE
NOGET VED!
- AK JA (STØN)
- OG DET ER DER JO
IKKE NOGET AT
GØRE VED!
- NÆH, DET ER DER
JO IKKE.

Når man snakker om solen

Solen står op
Solen går ned

Solen står op
Solen går ned

Solen står ikke op
Solen går ikke ned

Solen står ikke op
Solen går ikke ned

Jorden drejer rundt
og rundt
og rundt
og rundt

Og når man snakker om solen
så skinner den ... hele tiden
og ind imellem på dig og mig

Høm hm

En dame stopper pludselig op
Hvad sker der?
Og så ser jeg snoren
og en hund,
der står og snuser.
Så går den et par gange
rundt om sig selv
og går ned i bagbenene.
Høm høm.
Damen kigger ned i sin mobil.
Hunden letter røven
går nogle skridt frem
og skraber så hidsigt bagud.

Da både damen og hunden
har tænkt sig at gå lettet videre
slipper der et højlydt
"HØM-HØM"
ud af min mund.

Hun drejer hovedet.
Et sødt ansigt
og et sødt smil siger:
Jeg har glemt hundeposen.

Ok! svarer min mund.
Ja, så må du jo skrabe den op med mobilen,
for den har du tydeligvis ikke glemt.

Tårer

Tilfældigvis
en eftermiddag
tændte jeg for fjernsynet,
bladrede lidt
og valgte en film:
"You've Got Mail"
med Meg Ryan og Tom Hanks.
Jeg skulle vel lige slappe lidt af.
Ond som han var
havde han oprettet
en kæmpe boghandel.
Hun havde arvet
en lille boghandel med børnebøger.
Efter 42 år
måtte den lille boghandel lukke.

Det mindede mig om min barndom
i Vestervig i Thy.
Min onkel måtte lukke sit mælkeudsalg.
Slagteren og boghandleren drejede nøglen om.
Tøjforretningen og grønthandleren gik konkurs.
Sørgeligt.
Det nye supermarked havde ædt de små.

Om det var på grund af disse minder
at tårerne pludselig trillede ned af mine kinder,
eller det var fordi han og hun
endelig fik hinanden i sidste sekund
har jeg godt nok ikke styr på.

Forfald

Vaskemaskinen
er i stykker.
Vasketøjskurven
flyder over.
Komfuret
skal skiftes ud.
Emhætten drypper af fedt.
Der er sorte fingre
på alle døre.
Den lave efterårssol
afslører støv og skidt.
Upudsede vinduer.
Terrassen er fyldt
med brune blade
fra naboens alt for høje
kastanietræer.
Der ligger rådne æbler
i haven.
Bananfluer overalt.
To store sorte edderkopper
løber rundt.
Storskrald og pap
hentes i morgen.
En telefonsælger vil have
jeg skal skifte til Modstrøm.
Forfald og krav.
Jeg er ved at miste grebet?
Er jeg ved at miste mig selv?

Alene

Jeg er mere end alene.
Jeg er ensom.

Min mobil er tavs.
Ingen sms kommer ind
af sig selv.
Kun reklamer i postkassen.
Tavsheden larmer
i mit hoved.
Hvorfor, hvorfor?

Så gør dog noget.
Intet kommer af sig selv.
Nu er det familien
og vennerne.
Men familien er skrumpet ind
og vennerne har travlt.

Savner energien
til at kontakte.

Tænder for mit smart tv
Tv2 play vil ikke komme ind.
Kontakter tv2 support.
Løser selv problemet.
Vælger at se tennis.

Nu er jeg ikke alene ... men

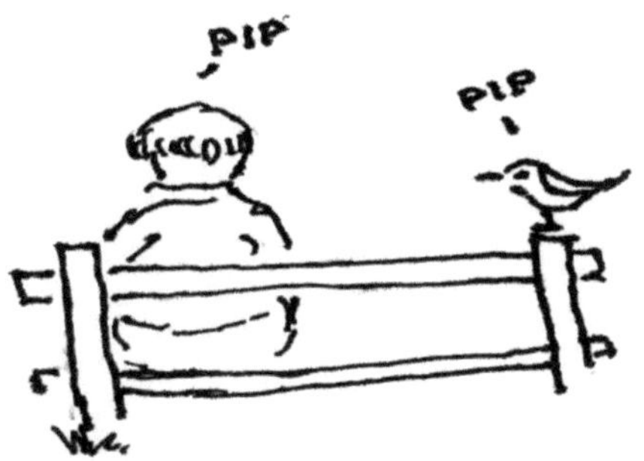

Besvær

Undskyld mig

Jeg har gjort mig
ud til bens
ud til bens
ud til bens

Så jeg skal sige:
Den slidte fløjlsskibsbriks
Den slidte fløjlsskibsbriks
Den slidte fløjlsskibsbriks

Men det er noget
besværligt miskmask
besværligt mismatch
besværligt prismatch

Så jeg skal sige
undskyld
undskyld
undskyld

Men det vil jeg
edderkrattemig
saftsusemig
forsadanda
ikke!

Det bliver over mit lig.
Nå, så pyt da.

Tøv en kende

Dyrlægen har været her,
og han er blevet begravet
I baghaven.

Jeg har skudt et rådyr
på over 100 meter.

"Man er vel herre i eget hus."
"Vi bor i en villa, Viggo!"

Man må godt sende en mail til en indsat.
Man må bare ikke vedhæfte en fil.

At protestere må man rigtig gerne.
for det er ytringsfrihedens kerne.
Men tænk, at det gør folk så glade
at smadre ruder på en ambassade.

Det tresindstyve tons tunge tårn
vejer tretten tons mindre
end det runde tårn.

Benådes ikke, henrettes.
Benådes, ikke henrettes.

Riv bare siden ud
hvis den keder dig
og smid den væk
- bare ikke bagsiden.

Vælg

Hvordan har du det lige nu?
Her er dine valgmuligheder:

    Morsomt
    Sjovt
    Skideskægt
    Hylende morsomt
    Ustyrligt sjovt

    Kedeligt
    Smadder kedeligt
    Dødkedeligt
    Røvsygt
    Uudholdeligt
    Dræbende

    Sådan da
    Rimeligt
    Nogenlunde
    Meget fint
    Ok

Sæt X hver gang
du læser dette.

Her er dine krydser:
X

Sand

Fortællinger fortæller
om fortid og nutid.
Nogen fortæller
om en uforudsigelig fremtid.

Fortællinger
er som sandkorn.
Nogle bliver til flyvesand
andre trædes under fode.

Men ingen strand
uden sandkorn.

Jeg har sand i øre og hår.
Bare jeg ikke sander til.

Sandhed har ikke noget
med sand at gøre.

Og det er med stor sandsynlighed
sandheden
at dette fortælledigt
bliver til
flyvesand
..lyvesand
.....sand
......and

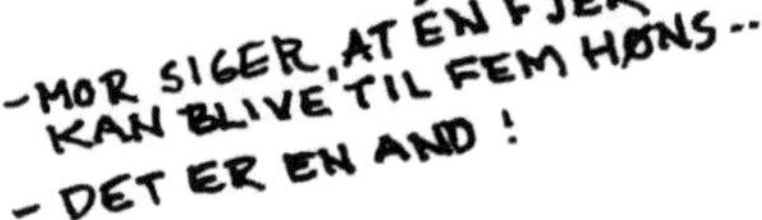

Hm..

Nak en rambuk.
Æd en stegeso.

Jeg er min vægt værd i guld.
Og husk at jeg er gumpetung.

Jeg hader sækkepibemusik.
Jeg hader plattenslagere.

Og så lige midt i løbetiden!
Du mener vel myldretiden?

Hvis du ikke kan lide
højtbelagt smørrebrød
kan du få et par flade.

Ingen roser uden torne.
Ingen grise uden orne.
Du ringer og kalder.
Vi kommer og knalder.
"Den er gammel, den!"
"Og hvad så?"

Jeg havde stort overskud!
Nå da da, så skød du altså forbi?

Drama

Livets drama er
oplevelser.
- forelskelse
- store følelser
- drifterne og naturen
- stormvejret
- kampen
- ophidselsen
- og så stilheden
- fik de hinanden I enden?

Hverdagens drama er
bestræbelser.
- invitere til middag
- gøre sit bedste
- få noget til at fungere
- anerkende andre
- gøre noget med stolthed
- tage ansvar
- fik du en god nattesøvn?

Håbets drama er
fællesskab.
- at skabe dette fortælledigt
  og dele det med dig
  så du får lyst til at fortælle.
Lykkes det?

Umenneske

En hund kan ikke være en uhund
En kat kan ikke være en ukat
En hest kan ikke være en uhest
Men et menneske kan være et umenneske
siger den kloge.
Var jeg et umenneske,
da jeg skældte hunden ud
for at jage en kat op i træet?
Var jeg et umenneske,
da jeg smed en sko efter den hankat
der holdt mig vågen det meste af natten?
Var jeg et umenneske,
da jeg satte mig op på ryggen af hesten
og strammede tøjlerne?

Mennesket er hvad det siger,
men mest hvad det gør!

Er mennesket dets handlinger,
eller er mennesket de begrænsninger,
samfundet sætter?

Er mennesket sine relationer,
eller er mennesket altid alene?

Og er mennesket så et umenneske?

Findes verden?

Findes verden?
    Ja, det gør den!
Bevis det.
    Jeg kan jo se den, føle den.
Hvis du ikke kan se og ikke kan føle,
så eksisterer den altså ikke. Korrekt?
    Ja!
Når du er død,
kan du ikke se og ikke føle!
Og så eksisterer den altså ikke.
    Jo, så eksisterer den stadig.
Hvordan kan du vide det?
    Næh, det kan jeg jo egentlig ikke vide;
    men det vil jeg da formode.
Hvad bygger du det på?
    På videnskab.
Jamen videnskaben beviser jo netop
at jorden en dag vil gå under.
    Ja, jo … men hvad var det egentlig
    du spurgte om?
Jeg spurgte om verden findes?
    Jamen, det gør den da.
Hvordan kan du vide det?
    Det … det … kan jeg da bare.
Jeg giver en øl.
    Det kunne du da bare have sagt med det samme,
    så havde vi været fri for den her snak.
Findes øl?
    Jeg har drukket ud … jeg skal tisse.

Forfordeling

I Danmark er 19.000 mænd
og dobbelt så mange kvinder
udsat for fysisk partnervold.

Kvinderne bor i krisecentre.
Mændene bor på gaden.

Men heldigvis er der i Danmark
et stort ønske om
at undlade forskelsbehandling
af mænd og kvinder.

Så af de 215 millioner kroner
til hjælp for udsatte børn og voksne
er kun 3 millioner kroner afsat
til mændene ... altså 160 kr pr mand
... om året.

Måske er det kun rimeligt
at fordelingen er sådan.

For vi kan jo ikke have
38.000 voldsramte kvinder
rendende frit rundt
i verdens lykkeligste land.

Under anklage

Vold og overgreb
 i enhver form
er undertrykkelse af frihed.
Det ved enhver.

At blive anklaget for noget
man har gjort
har en konsekvens
som man må leve med.
Og man bøjer nakken
og accepterer.
Sådan virker *retfærdighed*.

Men at blive anklaget for noget
man *ikke* har gjort
er fortvivlende og ubærligt.
Og man bliver vred.
Sådan virker *uretfærdighed*.

Og ... tiske tiske ... mon ikke der alligevel
er noget om snakken.
Der kommer jo altid røg af en brand,
som man siger.
Og var der ikke noget med ...
Jeg kan da huske ...
Nåh, ja ...

Bortset fra det

Klimaet går agurk
CO2 udledningen er ustyrlig

Coronaen skaber rædsel
Danmark og minkfarme lukkes

Krænkere popper op
MeToo skærper kursen

Datasvindlere hærger
Bankkonti stjæles

Skat er i knæ
Skat bombarderes

Brexit skaber kaos
Økonomien er usikker

I Hviderusland sidder Lukasjenko
I Hongkong fængsles demokratiet

Men bortset fra det
går det nu meget godt.

Spændende om pigerne
kan vinde EM i både fodbold
og håndbold.

Ikke et ord

Ikke et ord om Trump
Jeg gider ikke snakke om ham.
For han er dog den mest arrogante
og selvhævdende pralerøv.
Han splitter alt og alle.
Tænker kun på sig selv.
Afskediger enhver
der går ham imod.
Der er kun spytslikkerne tilbage.
Hans syn på kvinder er skandaløst.
Tilsviner alt og alle
der er imod ham.
Han skaber fjendebilleder.
Han er en Hitler,
en skruppelløs diktator.
Han opfordrer til vold
og borgerkrig.
Han lyver om alt.
Vil ikke anerkende at han tabte.
Kalder folk ved øgenavne.
Han er skolegårdens bølle.
Jeg kan bare ikke have ham.
Hvis han blev valgt igen
ville jeg begå selvmord
eller gå tidligt i seng.
Jeg gider ikke snakke om ham.
For han er dog den ....

Alder

Pensionsalderen er da vistnok
noget i retning af 67 år endnu,
og der er noget med
at man har ret til i det offentlige
at arbejde til man bliver 70.
Og jeg har hørt at det er svært
at få nyt arbejde
hvis man er over 50.
Men når man så bliver 78
kan man blive præsident.
Nogen siger derfor
at alder kun et tal
og at man er nøjagtig så gammel
som man føler sig.
Jeg ser for mig
en 80-årig dame i miniskørt.
En anden i bikini
med en joint i hånden.
Fedt nok.
Og en 90-årig mand, der klapper
den 20-årige sygeplejerske bagi.
Forståeligt nok.
Jeg vil dog foreslå
at man vedkender sig
den alder man har.
Jeg ved endnu ikke helt
hvad forslaget indebærer;
men er man oldefar
bør man nok ikke få flere børn.

Gammelfar

Jeg føler mig ikke gammel,
siger 80-årige gammelfar.
Han glemmer vist

at han stoppede
som 35-årig fodboldspiller,
fordi han var for gammel

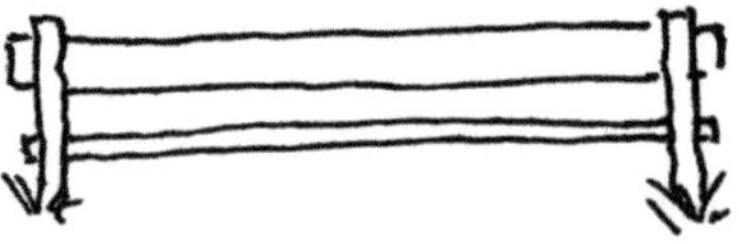

at han har svært ved
at få strømperne på

at han må gå ned på det ene knæ
når han skal samle det tabte
op fra gulvet

at han engang tog trapperne op
til 1. sal i firspring

at han engang
havde alle sine egne tænder i behold

at bukserne pludselig var blevet for små

Men sådan er det måske at blive gammel,

Og hvorfor vil man egentlig ikke
føle sig gammel, når man nu er det?
Har jeg mon sagt det før?

Husk at huske

Hvordan er det egentlig
at blive gammel?

Joh-øh for det første
så hører jeg ikke så godt.
For det andet
så husker jeg ikke så godt.
siger min kone.

Når jeg skal have hjælp udefra
for at klare mig i dagligdagen
så er det gået ned ad bakke
med mig ældre mand,
der ellers klarede sig så godt,
siger alle.

Så vælger jeg
at opsætte lifte i huset,
at fjerne alle dørtrin
at smide alt overflødigt ragelse ud.

Først når jeg ikke
kan tørre mig selv i røven,
så er det plejehjemmet.
   Min hud er blevet tør og runken,
   Min røv er kold og tilstanden lunken.
   Lidt penge har jeg lagt til side,
   hvis jeg sku' komme ud at skide.
Skal bare lige huske hvor?

I tvivl

En gammel dame
går krumbøjet,
støttende sig
til et gangstativ på hjul.
Grå hårtotter titter frem
under tørklædet
Så blev det grønt.
Med små skridt
stavrer hun ud
på fodgængerovergangen.
Hun når ikke over for grønt.
Bilerne venter tålmodigt.
Hun skal hjem med varerne.
For det er med at være klar,
hvis sønnen skulle komme
på besøg i dag.

For i dag måtte det være
Så hun havde købt en øl,
som hun vidste sønnen
gerne ville have.
Eller var det hendes mand,
der kunne lide øl?
Han var jo død.
Det vidste hun.
Eller var det sønnen?
Nu kom hun pludselig i tvivl
og gik i stå
i fodgængerovergangen.

Plejehjem

Trist at man skal høre
så meget dårligt
om plejehjem.
Det er jo trods alt vigtigt
at man kan se frem til
en hyggelig aftræden
når den tid kommer.
Og det gør den jo nok.

Tænk at blive hevet op
i seletøj med en potte under:
"Så er det nu, fru Jensen!"

Tænk hvis ens lyst til en
hyggelig cognac for at fejre
solnedgangen ikke er mulig
fordi ens ret til selv at bestemme
blev taget fra en.

"Nu er det sengetid, fru Jensen!
Og vi skal have børstet tænder."

"Du var jo i bad i forgårs.
Kan du ikke huske det?"

Men sådan er det selvfølgelig ikke
når jeg bliver gammel.

Og jeg føler mig stadig ung ☺

Tanker

Ingen spøg

Et samfund
er summen af de fortællinger
vi har om os selv

Et samfunds eftermæle
er de fortællinger
der overlever

Tidens fortællinger
er altså ikke sådan
at spøge med.

Også selv om det er
et klatmaleri af Asger Jorn.
For hvem kunne lige forudse
at hans fortællinger
blev verdensberømte.

Også selv om det er et tweet
af Donald Trump.
For hvem kunne lige forudse
at hans fortællinger
blev verdens dilemmaer.

Også selv om det er hånden på et lår
af Mogens Østergaard.
For hvem kunne lige forudse
at hans fortællinger
gik ud over kællinger.

Koen

En hest
måtte engang lade livet
for en kunstners hånd.
Hesteofringen fandt sted i
Hornsherred
på en snedækket mark i 1970
kort efter at en nøgen, kvindelig Kristus
var gået igennem Børsen.
Hesten blev konserveret på syltetøjsglas
og udstillet på Louisiana.
Det kom der stort tabernakel ud af.
En meningsløs handling
i protest
mod en meningsløs krig i Vietnam,
lød budskabet.

Nu er det koen
med det prægtige yver,
mælkeproducenten
med de store brune øjne.
der står for skud.
Denne gang er det ikke
professor Bjørn Nørgaard
der er på spil,
men professionelle hightechfirmaer
med de langt billigere,
kunstigt kopierede
kød- og mælkeproteiner,
dyrket fra koens stamceller.

U-vending

Udvikling
er afvikling
af tidligere tiders
forvikling
og indvikling.

Fremtid
er ikke
som nutid
og fortid.

Innovation
Innovation
Innovation
Innovation
er et invasivt ord.

Identitet
er identisk
med resultatet
af min modvilje
og vilje til
at indgå
i tidens muligheder
og betingelser.

Tænker jeg.

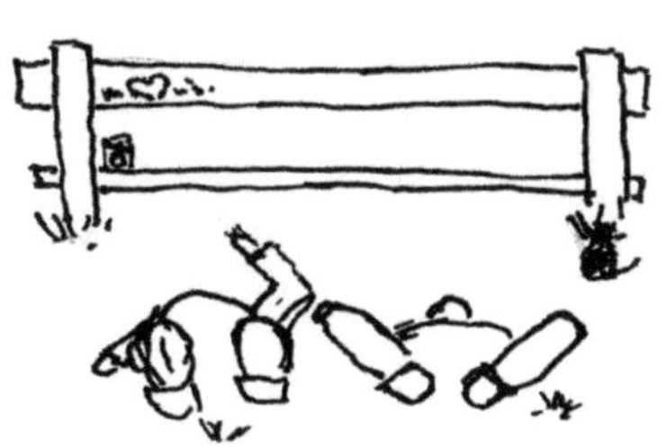

Generelt

Om kvinders opfattelse af
mænds fejl og mangler
kan jeg med stor
selvsikkerhed meddele:

- Når manden viser svaghed
  kommer kvindens
  moderinstinkt frem.

- Når manden viser styrke
  oplever kvinden tryghed.

- Når manden indrømmer
  sine fejl og mangler
  husker kvinden dem.

Og hvis jeg tager fejl
indrømmer jeg det gerne
- men det sker jo aldrig!
siger jeg og smiler.

For jeg er kun en mand,
så *jeg* kan ikke tillade mig
at generalisere.

Triv selv

Vil du have trivsel
så skriv selv.

Mig: *Hej*
  Dig (skriv):
Mig: *Du har det godt?*
  Dig: ...
Mig: *Jeg klarer mig.*
Har lige købt et smartTV.
  Dig:
Mig: *Et Samsung - 42 tommers.*
  Dig:
Mig: *Det må være dejligt at komme ned i solen!*
  Dig:
Mig: *Og børnene glæder sig?*
  Dig:
Mig: *Nå, OK. Det ...*
  Dig:
Mig: *Ja, det kan man jo godt have brug for ... klart.*
  Dig:
Mig: *Ja, hvor bliver sneen af?*
  Dig:
Mig: *Det gør jeg også!*
  Dig:
Mig: *Men vi slipper da for at salte vejene.*
  Dig:
Mig: *Købe Grønland?*
  Dig:
Mig: *Han er ikke rigtig klog.*
  Dig:

Orker ikke at orke

Orker ikke
at se film med vold
men kan ikke lade være.

Orker ikke
at læse bøger der smerter
men kan ikke lade være.

Orker ikke
at læse om narkomaner
men kan ikke lade være

Orker ikke
at høre om skyderier og
bandekonflikter

Orker ikke
at høre om muslimer
og nynazister

Orker ikke
at høre om Donald Trump
og konspirationsteorier

Orker ikke
ikke
at orke

Hjælp til selvhjælp

Har mistet pusten
Færdig som gårdsanger
Synger på sidste vers

Ilden er gået ud
Har tabt gnisten
Den sidst glød

Det ser sort ud
Nede i kulkælderen
Hvor lyset er slukket

Slaget er tabt
Intet at kæmpe for
Tomheden er tom

Lukker øjnene
Vil lukke helt ned
Men kan ikke selv

Råber på hjælp
Ordene sidder fast
Sidder fast, sidder fast

Så sluk dog
for den respirator
jeg vil ikke mer'!

Haiku

- JEG SKRIVER HAIKU-
  DIGTE.
- HVAD? HVORFOR?
- REGLER SKÆRPER MIT
  FOKUS.
- DET KENDER JEG GODT:
  "VASK HÆNDER-HOLD AFSTAND"
  SIGER MIN KONE.

Haiku-krammer

5 stavelser
7 stavelser
5 stavelser

Lad mig så prøve
at skrive et haiku-digt
Naturen skal med

Men det er for svært
Så det kan jeg nok ikke
Må hel're la' vær'

Men så ...

Underliggende
toner af varme og sjæl
gav jeg en krammer

Stemningen stiger
Hænderne bliver varme
Pulsen i vejret

Hvad sker der for mig
Uro og indre skælven
Drikker kildevand

Tørsten varer ved
Drages varsomt mod kilden,
elskovens varme

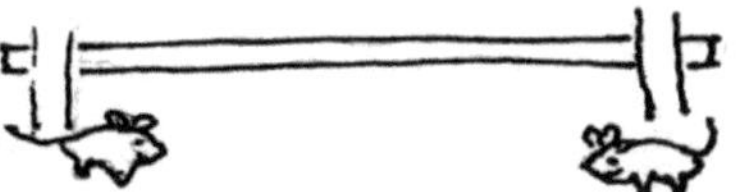

Haiku-nytår

Kan ikke sove!
Står søvnigt op og gnasker
flæskesteg og øl

Klemmer bumserne
Smider neglerester ud
Nu skal jeg til fest

Gør det nu bare
Lad tyve nitten falde
Et nyt år står klar

Dronningen taler
Kransekag' og champagne
Et spring fra en stol

Nytårsraketter,
kanonslag og bordbomber
Krig i Syrien

Nytår er magisk
åbent og jomfrueligt
En uskrevet bog

Men dagen derpå
er måske ikke så sjov
Tv og regnvejr

Haiku-rejse

Bukserne for små
eller er maven for stor?
That is the question!

Kan ikke sove!
Så gafles køleskabet
Nu kan jeg sove

Nu skal jeg tisse!
Lynlåsen går i baglås
og jeg i panik

Pakker min kuffert
Billetten, penge og pas
Er døren nu låst?

Flyveturen hjem
Sidder i midtergangen
Har klaustrofobi!

Får mig en cognac
Skåler med solnedgangen
Farvel Tenerif'

Minderne bag mig
Tankerne rettes fremad
Er Grønland mon solgt?

Haiku-logik

Staveprogrammet
retter alle mine fejl
Så jeg har ingen

Klokken er halv tre
se nu at komme i seng!
Jeg skal lige ... øh

Jeg tænder ikke
på haiku om naturen
- men på levet liv

Koden til haiku
er smadder nem at lære
hør nu bare her:

Ba da ba du da
Ba da ba du da du da
Ba da ba du da ☺

Bladene falder
gyldenbrune til jorden
Mission completed.

Nu fejer jeg op
efter forår og sommer
for solen står lavt

Haiku-perspektiver

Kigger jeg opad
aner jeg universets
uendelighed

Kigger jeg nedad
sanses i jordens fasthed
noget endeligt

Kigger jeg udad
ser jeg i horisonten
fremtidsmulighed ...

Hvis jeg var en haj
ku jeg nok ikke skrive
om forelskelse...

Julen nærmer sig
Forventningerne stiger
hos store som små

Karrysild med snaps
Kropølse med peberrod
En dejlig frokost

Hvordan finde vej
i den helt tætte tåge?
Vent til den letter

Elsker eventyr,
fantasi og tanketorsk,
humor, dig og mig

Du djævlevirus
Hvis Vorherre har skabt dig
er det en ommer

Mundbind og håndvask
afstand og afspritninger
Lev i en bobbel

Må ikke flyve,
gå til fitness og fodbold
Men Brugsen har øl

Må ikke lyve
sige jeg har set en sol
her i januar

Fremskridt

-FREMSKRIDT - DET ER
TO SKRIDT FREM OG
ET TILBAGE.
-VORHERREBEVARES,
SÅ HELLERE BLIVE
SIDDENDE !

Skygger

Boliger i storbyer opkøbes
af udenlandske investorer.
Istandsættes og huslejen stiger.
Nu kun for de bedrestillede.
Det nye havnebyggeri
er for de rige.
Studerende betaler dyrt
for et studerekammer
og må punge ud for nære fristelser.
Er det fremskridt?
Skyggerne af en ny boligbobbel.

Overskud bruges på velfærd.
På fattige børn,
på flere pædagoger
mens forældre lider af stress.
Nynazister skænder jødegrave
på årsdag for krystalnatten.
Syrienskrigere vil hjem til Danmark.
Udviste vil ikke forlade Danmark.
Er det fremskridt?
Skyggerne af nye dilemmaer.

Det skræmmer mig
ligesom profetier om jordens undergang.
Men det trøster mig
at jeg ikke er alene
for lige nu
har jeg delt min bekymring med dig.

Gæld

Krisen er der ...
ligesom gælden.

Jeg kan skubbe den foran mig
med afdragsfrie lån i 30 år.
Men gælden er der stadig.
Pengemængden er så stor
at bankerne nu kun kan tjene
på gebyrer, hvidvaskning og løgne.

Der var engang
hvor man fik hyren i hånden
og kunne gå direkte på værtshus
eller sætte pengene i banken
for at få renter.

Nu skal jeg betale
for at have penge i banken
mens renten på kreditforeningslån
er mindre end nul.
Jeg kan få afdragsfrie lån i 30 år
eller tage et kviklån med 50% renter.

Alle disse veje
fører mig ind det ukendte.
For hvad sker der lige?

En kradser

Det kribler og krabler.
Krisen har det med at komme krybende.
Som en tyv om natten.
Som en gæld man aldrig fik betalt.
Som en slange i Paradis.
Snigende.
Burde kunne høre dens hvislen
Burde have set den komme
Vidste det jo godt,
inderst inde
et eller andet sted.

Skulle aldrig have sagt det
Og slet ikke på den måde
Men nu havde det stået på
i lang tid
og irriteret og sat sig.
Burde have sagt det
for længe siden
Men valgte at udsætte
til ubestemt tid
i håb om at det forsvandt af sig selv.
Nu blev det sagt.
Boblen brast bare.
Og krisen kradser.

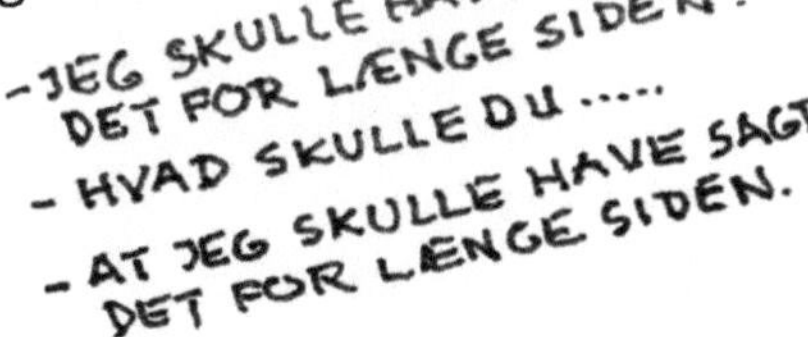

Fortabt

Mine fødder træder i kviksand
Fornemmelse af åndenød
Indsnøret
Kan ikke huske koden til mit dankort
Har mistet overblikket
Mistet mine nøgler
Kan ikke sove, ikke læse, ikke glæde mig.
Ufattelig træt og tom
Magter ingenting
Intet overskud.
Har fået en mavepuster,
Energien er pumpet ud.
Lever ikke op til forventningerne.
Følelse af utilstrækkelighed
Smertefuld skamfølelse
Et mislykket menneske
Meningsløshed
Ligegyldighed

Sådan har jeg det ikke
og har aldrig haft det.
For jeg har opdaget
at der kun er den mening med livet
som jeg selv kan finde.
For dybest set
er der ikke nogen mening
med meningen,
hvis du forstår.

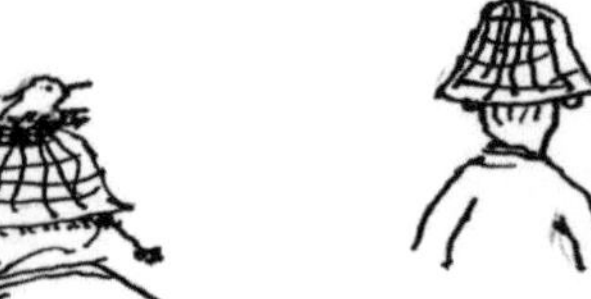

Sov godt

Det undrer mig
og det fascinerer mig
når en hypnotisør
med sin stemme
kan få mig til at falde i søvn
og få mig til at gøre ting
som jeg ikke er herre over.
Sætte mig på en knappenål,
der ikke er der.
Få mig til at røve en bank.

Og det er ufatteligt
Når en manipulator
som Jan Hellesøe
kan afsløre folk der lyver,
kan forudsige
det uforudsigelige,
kan spise glasskår
og barberblade.

Og nu er søvnforskere
tætte på at kunne
vække folk af koma.
Det er vi nogle stykker
der glæder os til.

Forår

Kviste knækker under mine fødder
Men ellers er det lydløst
Her dufter af jord og våde blade
Ned i tempo
Røre ved naturen
Vende tankerne udad
mod skoven
Lægge mig på et tæppe af kløver
Lade naturen synke ind
Tage imod duftstofferne
Lægge håndfladen forsigtigt
på tæppet af kløver.
Mærke duggen
Skovbunden myldrer af liv

Mærke barkens varme på solsiden
Mærke den kølige fugtighed på skyggesiden
Se bænkebideren og en vinbjergsnegl.
Omfavne et træ
og mærke en boblende lykke i maven.
Sætte mig på en solfyldt plet
op ad et træ
Mærke skovbunden, de visne blade
og de nye anemoner

Jeg er skovbader
og mener at have hørt
træerne snakke sammen.

Naturen

Jeg hader mænds
selvfølgelige
selvretfærdighed.
At beskytte
er mænds opdrag!

Jeg hader kvinders
moralske
sammenholdssladder.
At drage omsorg
er kvindens opdrag!

Ødelæg ikke mandens
og kvindens opdrag
i religionens eller
civilisationens navn.

Os og kærlighed –
ikke mig og grådighed.

Har lige læst ”Dødevaskeren”.
Derfor dette opråb.
Lad være med at læse den,
hvis du hader at hade.

Udfordringen

Jeg har læst at min hjerne kan blive skarpere
hvis jeg udfordrer den.
Jeg sætter derfor mig selv på opgaven
at sige noget fornuftigt ved at bruge tre ord
som jeg lige kommer på:
- Hæmninger
- Motivation
- Livsglæde

I disse tider er jeg
nødt til at underholde mig selv.
sætter Queens *Pretender* på
og skruer godt op for lyden,
løfter håndvægte i takt til musikken,
bøjer flere gange ned i knæene og op igen,
sveder og danser pludselig rundt i underbukser,
henter stentøjsleret som jeg købte forleden
og går i gang med at lave en skulptur.
Tørster og henter en øl.
Drikker den med velbehag.
Synger med på *I want to break free*,
tager nogle dansetrin
rundt om den voksende lerfigur,
synger med på *I'm falling in love*.
Efter en tid stopper jeg pludselig op,
rækker begge hænder i vejret,
tager nogle jublende trin
selv om musikken for længst er stoppet
Sådan – hold da helt op
Og hvad var de tre ord?
Dem har jeg helt glemt.

Mobilen

Imponerende
så meget der kan være
på en mobiltelefon.
Kamera til video og fotos.
Ufatteligt mange apps
om alt muligt.
Bank og mobilepay.
Parkering er mulig.
Jeg kan aflæse stjerner,
planeter og fly,
høre radio og se fjernsyn,
få underholdning og rejseplan.
Google giver mig svar på alt.
Nu kan jeg få jagttegn
og kørekort lagt ind.
Nå ja, og så kan man
selvfølgelig ringe til hinanden
også face-to-face.
Og så kan jeg finde vej …
… åh ja ja ja min bare røv.

Jeg er overvældet over
hvad sådan en lille fyr erstatter.
Bare jeg nu ikke taber den,
eller mister den eller får den stjålet.
Jeg er begyndt at slette fotos og beskeder,
Så jeg er sikker på at der er plads nok.
Jeg må gemme det i skyen som sikkerhed.
Men hvad så med englene?

Mødet

- JEG HAR LIGE HOLDT
  MØDE OVER NETTET.
- SPILLER DU TENNIS?

Trist

Er du trist og har du sorg i sinde
så tag med mig ned til Lundeborg.
For det er det bedste sted på jorden
her jeg tror at verdens ende går,
her er skov og strand, her er havn og vand,
her er fiskerpige, her er fiskermand,
er du trist og har du sorg i sinde
så tag med mig ned til Lundeborg.

Glad

Er du glad og har du smilet fremme
så 'r det nu du mig i hånden ta'r.
For når tanker ej forbliver drømme
bliver verden stor og solskinsklar,
så vil skov og strand, så vil luft og vand
så vil jordens sjæl - ikke vær' i brand,
er du glad og har du smilet fremme
så 'r det nu du mig i hånden ta'r.

Blot slentre gennem regn

Blot slentre gennem regn
bare drive rundt
glemme du er til,
så hjertet det gør ondt.

Blot slentre gennem regn,
fuld af sorg og savn.
Ene med sig selv,
og et elsket navn.

Folk bag våde ruder,
ser uden at forstå.
Ryster lidt på ho´det:
Hvad mon staklen tænker på?

Blot slentre gennem regn,
mindes alt igen.
Prøve at forstå,
hvorfor du gik din vej.

Blot slentre gennem regn,
bare drive rundt.
Glemme du er til,
så hjertet det gør ondt.

Blot slentre gennem regn,
mindes alt igen.
Prøve at forstå
hvorfor du gik din vej.

Blot slentre for mig selv

Blot slentre for mig selv
bare drive rundt
vende hvert et od,
når livet det gør ondt.

Blot slentre for mig selv.
Finde vejen frem.
Ene med sig selv,
for at komme hjem.

Folk gør deres tanker,
ser uden at forstå.
Ryster lidt på ho´det:
Hvad mon staklen tænker på?

Blot slentre for mig selv,
når tanker drejer rundt.
Finde ro igen,
når livet det gør ondt.

Blot slentre for mig selv,
finde vej trods alt.
Krænge ud min sjæl
hvorfor gik det mon galt?

Blot slentre for mig selv,
finde ro trods alt.
Prøve at forstå
hvorfor det gik så galt.

Rub dig

- JEG FÅR STRESS AF ALT DET JEG IKKE NÅR
- HVAD ER DET DU IKKE NÅR?
- AT DRIKKE UD, SÅ DU KAN FÅ MIN TOMME FLASKE MED.

Så er det tiden

Så er det tiden
hvor jeg skifter til vinterdæk
også selv om det ikke ser ud til
rigtig frost og snevejr denne vinter.
Lige nu er det 5. december
og der er 6 grader udenfor.

Her hvor jeg bor
er vejene i øvrigt fejet for sne
næsten før det er begyndt at sne.
Jeg har en Suzuki med 4-hjulstræk,
så jeg skal nu nok komme frem
under alle omstændigheder.

Jeg har ingen adventskrans,
men har tændt op i brændeovnen
og hygger mig med udsigt til en sen frokost
med karrysild og snaps.
Julegaver til de voksne
er vi for længst holdt op med.

Jeg var i går til dejlig julefrokost
med studenterkammerater
på Raadvad Kro
Bagefter fik jeg tårer i øjnene
over de glade håndboldpigers sejr,
mens julekransen med de små lys
holdt mørket i ave på terrassen.

Lillejuleaften

Lillejuleaften er en perfekt dag at fejre julen.
for der kan hele familien samles.
Mine store børn skal ikke hjem
til deres kærestes familie.
Børnebørnene skal ikke ud til mormor.
Endog min eks kan deltage.

Forventningerne er ikke så store,
som selve juleaften.
Maden behøver ikke at være
flæskesteg med brunede kartofler,
andesteg med rødkål
og risalamande med mandelgaver.

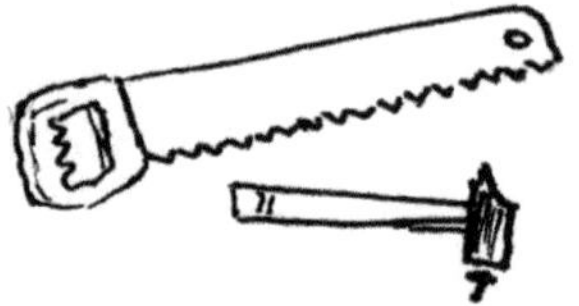

I stedet smelter palminen i fonduegryden.
og racletten spreder varme i stuen
Den enkelte er optaget af at sætte
kalvekød, cocktailpølser,
rød peberfrugt og champignon på sit spyd,
mens der skænkes op i glassene.

Et juletræ er ikke nødvendigt
og julesangene kan vente.
Et par julenisser og dannebrogsflag er der dog,
og på køleskabslågen en julemand og et juletræ.
De små pakker hver en gave op fra julenissen.
De voksne snakker og skåler: God jul!

Hjælp til selvhjælp

Kan jeg gå i hundene?

Stakkels hjemløse.
Stakkels alkoholikere.
Stakkels kræftramte.
Stakkels krænkede.
Stakkels stakler.
Jeg må se at hjælpe
Men hvor skal jeg starte?
Hvad gør jeg?

Hvis røde kors eller
kræftens bekæmpelse ringer på,
betaler jeg gerne 50 kroner.
Men Jehovas vidner
lukker jeg ikke ind.
Og hvad med al den skat,
jeg har betalt.
Den må de gerne bruge på staklerne,
så jeg ikke skal gå rundt
og have dårlig samvittighed.
Jeg overvejer hver gang
at give min flaskepant til Røde Kors.
Men går pengene ikke til administration
eller falder i de forkerte hænder?
Og som ældre får man på plejehjemmet
ikke den hjælp man har brug for.
Og så er det jo godt at have lidt i baghånden.

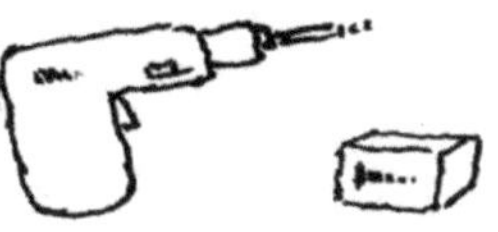

Misforståelse

"Jeg skal være der som en mis?"

Sådan hurtig og lydløs,
mente jeg sikkert med de ord,
som jeg ikke selv havde fundet på.
men bare havde brugt.
Hvor den vending kom fra
aner jeg ikke.
Der er ord og vendinger,
som bare sniger sig ind i mit hoved
uden at jeg aner
hvor de kommer fra.
Og de dur ikke på engelsk
"I will be there like a cat!"
Og så var det jeg tænkte
at alle mine ord og vendinger
bare er kommet til mig,
sivet ind i mit hoved,
så de bare ligger klar derinde
for som små sommerfugle
at flyve ud af min mund.
"Jeg skal være der som en mis"

Men vendingen blev modtaget med tak.
Og så var jeg der som en mis.
Men ved nærmere eftertanke
håber jeg sandelig *ikke*,
at jeg var der som en mis,
for jeg er allergisk over for katte.

Livtag

Livet leves ikke for sjov;
men det kan være sjovt at leve.

Livet handler om evnen
til at overleve på bedste måde.
Kan man se en mening med livet
har man scoret kassen.

Livet er ikke som en barneskjorte:
Kort og beskidt.

Livet er mere som en vandpyt,
der oplever børns leg i den.
For så har den ikke levet forgæves.

Livet er som en rygsæk
der bæres igennem tiden.
Nogle gange går det op og ned,
andre gange står det helt stille.

Livet er ikke det værste man har
for om lidt er kaffen klar, lyder det.

Livet er kærlighed,
ærlighed og lighed
og nogen man har kær

Livet er bare …
eller også er det bare ikke

Rub og stub

Jeg skal nå det hele
Rub og stub
Ellers er fanden løs i Laksegade
- e-boks
- mobile-pay
- børnene
- forsikringer
- hjælp til nødstedte
- revnen i skorstenen
- julegaver
- besøg hos farfar
Rub og stub
- madlavning
- en skjorteknap
- ringe til lægen
- e-mails
- TV-avisen
- opvasken
- arbejdstid
- mig-selv-tid
- kæreste-tid
- indkøb
- bilvask
Jeg skal nå det hele
Rub og stub
Hver dag
Jeg holder af hverdagen,
sagde Dan Turell
fra sin stamcafé.

78

Håb

Skattesnyd er stoppet
Alle erkender at de en
del af en helhed.
Ikke mig - men os.
Tanken om fællesskab
overvinder egoismen.
Vi er et blod.
Vi har en jord.
Grådighed kendes ikke.
Vi deles om brødet.
Ved, hvor det kommer fra.
Ordet at stjæle
kender man ikke.
Ordene at give og dele
er kærlighed til livet
og til næsten,
som man skal leve med
som sin nabo.
Du må gerne låne!
Skal du have hjælp?
Krig er afskaffet
for vi kommunikerer
og indgår kompromisser.
Vi skal alle være her.
Her giver vi krammere til alle.
Byder indenfor.
Sådan er det i Paradis
her på jorden.
Virtuel reality.

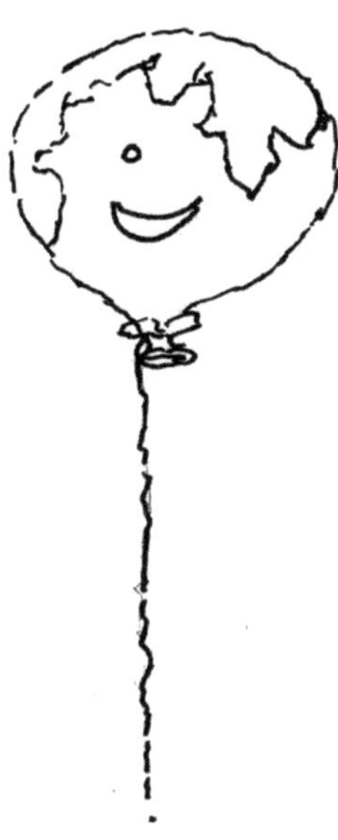

Massen på farten

Om liv og død

"Hvad så du?" spurgte Massen og bredte armene ud.

"Ja, hvad så?" svarede jeg.

"Kolossale Colosseum. Er det ikke herligt. 50.000 siddepladser og 1500 ståpladser."

"Ja, den er godt nok større end Brøndby Stadion."

"Fantastisk at tænke sig, hvor stort et arbejde det har været. 80 piller på hver 45 meter. Og så alle de store sten. Tænk bare at lave én stor sten, slå den fri af klippen, hamre den i form, og så få slæbt den hertil og op på plads. Dengang havde de jo hverken kraner eller elektrisk værktøj eller lastbiler."

"Nej, de havde slaver!"

"Ja, og slaverne skulle alle sammen have mad. Det må have været et enormt arbejde – ligesom pyramiderne i Ægypten!"

"Jeg får klaustrofobi bare af at tænke på at skulle begraves inde i midten af en pyramide. Her tror jeg ikke engang udbryderkongen Houdini ville kun finde ud. Og med min klaustrofobi. Uha. Jeg tror …"

"Jeg kunne godt tænke mig at have set en forestilling her!" afbrød Massen med begejstring i stemmen. "Det må have været et fantastisk skue!"

"At se dem slå hinanden ihjel? Mener du det, Massen? Seriøst?"

"Ja, det må have været et spektakulært skue! En helt vild oplevelse. Heste foran stridsvogne, kampklædte krigere med spyd og sværd, larmen, spændingen, alvoren, kejseren … jeg kan se det hele for mig. Utroligt!"

"Ja, mon ikke!"

"Og tænk sig, der var tigre …"

"… og krokodiller og aber og giraffer!" supplerede jeg, men det var som om Massen var lukket inde i sin egen kampscene. "Har du set filmen "Gladiator"? spurgte jeg forsigtigt.

"Og alle de veltrænede gladiatorer, der kæmpede med alle midler for deres liv …"

"… og kejserens tommeltot." supplerede jeg.

"Netop. Har du set filmen "Gladiator". Den er helt fantastisk. Og Russell Crowe er helt enestående."

"Russell Crowe overlevede!" sagde jeg.

"Nej, han døde til sidst. Det var meget sørgeligt."

"Jeg har ellers lige set ham i filmen "Master and Commander!" forsøgte jeg.

"Den var før "Gladiator"! svarede Massen nøgternt.

"Så er Russell Crowe altså død, mener du?"

"Nej da. Han er jo skuespiller."

"Ja, det er jo det, han er!" supplerede jeg og fortsatte: "Du Massen jeg giver en øl!"

"Man kan jo ikke få øl her!"

"Nej, netop!"

"Due birra, grazi!" bestilte jeg.

"Kan du italiensk? Det vidste jeg ikke."

"Jeg kan også sige det på spansk, fransk, engelsk, tysk, svensk, og tyrkisk. Er der noget jeg kan, så er det det."

"Ok. Prøv at sige det på tyrkisk!"

"Iki birra, lütfen!"

"Hold da op! Ved du til gengæld at gladius betyder sværd? Og at en gladiator var en professionel deltager i kamplegene og altså tjente penge på at optræde!"

"Næh, men var gladiatorer ikke slaver og låst inde - så hvad skulle de så bruge pengene til?" svarede jeg uvidende.

"Der var skam også frivillige, der meldte sig for at få hæder. Og normalt var det jo slaverne, der tabte og blev dræbt. Så chancen for at man som frivillig overlevede var betydeligt større. Og de frivillige præsenterede romerriget, så det var en skandale hvis de tabte."

"Men Russell Crowe vandt!"

"Han var jo også en romersk hærfører, der var røget i fangenskab på grund af kejserens magtspil."

"Og så var han forelsket i kejserens søster hende der danskeren Connie Nielsen, som havde en søn der var tronarving. Var det i øvrigt ikke her i Rom, man slog Jesus ihjel?"

"Ikke her i Rom. Det var jo i Jerusalem! Eller var det her. Nu bliver jeg i tvivl. Nej, det var da i Jerusalem med ham der Pontius Pilatus. Vidste du, at folket hellere ville se Jesus dø end ham den frygtindgydende røverkarl Barrabas - eller Barbados eller sådan noget."

"Ja, og nu går israelerne med sort kalot og græder op ad en mur! Det må være deres straf for det valg, de gjorde dengang. Og så blev Jesus begravet i Edens have!"

"Nej, nej, Edens Have var den med slangen og Eva og Adam, der spiste et æble, som han ikke måtte!" korrigerede Massen.

"Næh, det havde han jo ikke lov til - sådan at gå på æblerov i Guds egen baghave. Jeg har også været på æblerov engang. Det var ovre i Hansens have." indrømmede jeg.

"Se, det var syndefaldet. Vi har alle syndet." svarede Massen og slog ud med armene, som endte i en advarende pegefinger og et strengt blik over brillekanten.

"Jeg er blevet allergisk over for æbler. Det må være straf nok. Og også pærer og blommer for den sags skyld."

"Det er jeg heldigvis ikke, men jeg har jo heller ikke spist forbuden frugt." grinede Massen.

"Åh, hvad så med hende Annette, der var gift!" udfrittede jeg.

"Jeg vidste jo ikke hun var gift!" forsvarede Massen sig.

"Og Adam vidste måske heller ikke det var forbudt. Har du tænkt på det. Og det var jo Guds pegefinger der skabte ham. Det har jeg set i Det Sixtinske Kapel. Og af Adams ribben skabte han Eva. Her kan vi snakke om genforskning! Jeg har selv set at det er muligt i filmen "De fire elementer".

"Ja, det er utroligt hvad man kan i dag!" sukkede Massen. "Og nu opfinder man vel snart en evighedspille!"

"Kunne du godt tænke dig det!" spurgte jeg nysgerrigt og rykkede stolen nærmere for at høre svaret.

"Ja, jeg er enormt bange for at dø." sagde Massen med bedrøvet stemme.

"Hvorfor det?"

"Så er man jo ikke mere. Man er væk. Totalt. Ingenting."

"Du kan vel genopstå, ligesom Jesus!" forsøgte jeg.

"Genopstå som hvad … som jeg er nu … som barn … som en dement 80-årig? Og skulle man så bare svæve rundt i ingenting med bar røv og et figenblad og spille trækbasun."

"Det er din ånd, der gives fri, Massen. Måske bliver du genfødt som en smuk svane med røde fjer eller en rødspætte." forsøgte jeg.

Massen tog sig til håret og svarede hårdnakket: "Og hvad skulle du så blive … en … en vampyr?"

"Vampyrer findes jo ikke!" forsvarede jeg mig med hævet stemme.

"Nej, men det vil de så gøre når du dør!" råbte Massen og så sig forsigtigt omkring – overrasket over sin egen høje stemme.

"Undskyld!" sagde han og rakte begge hænder i vejret. "Hvad med dig og … og …"

"Døden?" supplerede jeg og fortsatte. "Jeg tager det som det kommer. Jeg har alligevel ingen indflydelse på, hvad der sker efter min død. Men jeg vil da gerne komme helskindet igennem katakomberne som vi skal her i eftermiddag, og jeg vil da også håbe, vi kommer hjem i god behold. Jeg skal i øvrigt lige nå at komme en tur med den nye letbane til Lyngby. Den er færdig om tre år, og om fire år er det nye ældrecenter færdig. Der skulle jeg da gerne bo de næste mange år. I øvrigt dør jeg aldrig!"

"Dør du aldrig?"

"Næh, jeg lever videre i mine børn! Det har jeg lovet dem."

"Det var da en uhyggelig tanke!"

"Skål, Massen, Vi skal ud og kigge på døde kristne i katakomber-
ne, så vi bunder!"

"Ja. Skål, du! Har du for resten tænkt hvor mægtigt et rige, ro-
merne havde på et tidspunkt. Nærmest hele Europa."

"Ja, og Hitler må have haft de romerske kejsere som forbilleder."

"Du ... det kan du altså ikke være bekendt at sammenligne med!"

"Nå ikke, Hitler gik da også konsekvent efter at erobre hele ver-
den og mobbede jøderne. Nå, men jeg skal tisse. Skal du med?"

"Ok!"

"Ja, de er skøre de romere! Og nu forsøger hele Afrika at flytte
til Italien!"

"Nå, nu overdriver du!" indvendte Massen med en pegefinger
i vejret.

"Overdrivelse fremmer forståelsen, ved du! Og hende Connie
Nielsen er godt nok lidt af en lækkerbisken! Hun kunne godt få
fat i mig, hvis hun ville!"

"Ja, hun er godt nok smuk!"

"Og så er hun nærmest kejserinde. Skidt med om hun har den
der store dreng. Faderen er jo død, så det går vel nok. Hun må
være lidt op i årene, for drengen var dengang da omkring ... nå
pyt, jeg er jo også ...."

"Ha-ha-ha-ha ...." De lo begge så det rungede på herretoilettet.

"Romerriget faldt i året 476, ved du nok!" lød det eftertænk-
somt fra Massen, mens han rystede de sidste dråber væk.

"Ja, og Joe Biden er 78 år!" svarede jeg. "Tror du han har proble-
mer med prostataen, ligesom mig?"

"Bare han vinder over ham Donald Trump, så er jeg ligeglad. Jeg
kan bare ikke have ham - den egoistiske blærerøv. Jeg bliver helt
dårlig af at tænke på ham." hvislede Massen oprørt.

"Jeg er enig. Ham der Donald Gump eller kejser Dump - eller
hvad han nu hedder - skal dø!" lynede jeg op.

Således enige drog de videre til næste udfordring eller oplevel-
se.

Om at være eller ikke være

"Vidste du at katakomber kommer af ordet *kata*, der betyder *ned* og at *kombe* betyder *hule*?" hviskede Massen.
"Det ved jeg så nu!" svarede jeg højt.
"Sssss! Der er gravkamre hernede!"
"Tror du da jeg vækker de døde? At skeletterne pludselig rejser sig og rasler rundt om os?"
"Nej selvfølgelig ikke. Det er af respekt for de døde! Og dengang måtte man være stille for at romerne ikke skulle opdage dem." hviskede Massen.
"De forstår jo nok ikke dansk, skulle jeg mene! Og hvad med dig selv, sådan som du går rundt i shorts og sandaler!"
"Ja, det er nok heller ikke så godt!"
"Sådan som de døde ligger begravet, minder det mig om køjesenge! Jeg skulle altid ligge i den nederste. I dag kan jeg kun se fordele ved at ligge i den nederste. Bare det at kravle en meter op, synes jeg nok kan være anstrengende. Men dengang var det vigtigt at få den øverste. I øvrigt var vi temmelig fattige. Jeg var tre år, da krigen sluttede. Min far og mor solgte kartofler og gulerødder og sådan noget og folk havde jo ingen penge, så det var ikke meget de kunne tjene. Mens min far og mor passede forretningen, måtte vi drenge spille stenkugler ude mellem brostenene og sådan noget. Og da min far blev syg, så ..."
"Jeg kunne altså ikke tænke mig at blive begravet sådan et sted!"
"Dengang var det sikkert meget fint. Du vil måske hellere ligge i en kiste med jord over? For det skal jeg i hvert fald ikke. Jeg har klaustrofobi, og bare tanken om det! Og at blive brændt er jo på en måde ligesom at komme i helvede! Men et eller andet skal der jo ske, når man dør, jeg kan jo ikke bare sådan ligge og flyde et sted."
"Næh, det er noget underlig noget at tage stilling til, mens man lever. Men man kan selvfølgelig bare være ligeglad, og så lade

andre finde ud af det til den tid." filosoferede Massen.

"Ja, det er nok det bedste! Og som jeg har sagt, dør jeg aldrig."

"Jeg forstår ikke, at når man har fundet et lig en mose, som nu ham Grauballemanden, at man så kan tage det op og udstille det. Eller at ham der Hamlet kan tillade sig at stå med et kranie i hånden for at skulle sige "To be - or not - to be!"

"Nåh, det er nu et rigtig godt spørgsmål, som jeg tit har tænkt på, for hvad er egentlig forskellen på om man eksisterer eller ikke eksisterer. Vi sover alligevel 1/3 af tiden mens vi er her, og resten af tiden knokler vi rundt for at tjene penge, så vi kun orker at æde og se fjernsyn."

"Nåh, det ved jeg nu ikke. Se nu bare os, der går rundt og oplever!"

"Ja, hvad laver vi. Ser på gamle ruiner, hvor folk slår hinanden ihjel, og nu her går vi rundt mellem alle de døde. Skulle det være noget?"

"Ja, det er da meget interessant!" fastslog Massen.

"Interessant!"

"Ja, at sætte sig ind i en anden kultur og sådan..." Insisterede Massen.

"Nå, Massen. Jeg giver en øl!"

"Man kan da ikke få øl her!"

"Nej, det er jeg sgu godt klar over at de døde ikke har åbnet en bar. Så hvad sjovt er der ved at være død. Ja, jeg spørger bare."

"Jamen, jeg er nu også blevet tørstig! Det er min tur til at give!"

"Det er det, jeg godt kan lide ved dig, Massen! Du er altid så betænksom og retfærdig og ... øh ... tørstig."

"Tak ... og jeg kan nu også godt lide dig ... for du er ... ...

"Two beer - or not - two beer!"

Her fortonede samtalen sig, da skridtene hurtigt blev målrettet.

Om at se det store i det små

"Der er forsadanda ikke mange, der overholder færdselsreglerne hernede. Selv ved fodgængerovergangene vader folk uden videre over for rødt." bandede Massen og førte hænderne forarget op til sit røde hår.

"Ja, det synes ganske livsfarligt at færdes her i Rom. Sådan er det ikke i Danmark. Der venter vi på grønt klokken tre om natten selv om der ikke er en bil i miles omkreds – der kunne jo komme en betjent." supplerede jeg ivrigt.

"Scusi!" lød det fra en snavset klædt dame i 40-erne. Hun havde en mærkelig hat på hovedet og rakte et plastikbæger fra Burger King frem.

"Vi må give staklen en skilling, så hun kan få sig en kop kaffe!" Massen rodede efter pungen og fandt fem euro frem og stoppede dem ned i plastikbægeret.

"Grazi!" lød det fra staklen, der hurtigt trak bægeret til sig.

"Aspetti!" sagde jeg og håbede det betød vent og fandt en 5 euro-seddel frem.

Plastikbægeret blev skyndsomt rakt frem og jeg proppede sedlen ned og et vistnok taknemmeligt smil kom frem på hendes ansigt. "Jeg vil gerne have to euro tilbage, hvis du bruger dem på sprut!" sagde jeg med et smil vel vidende at hun ikke forstod det.

Smilende forsvandt hun i menneskemængden.

"Nedværdigende at skulle tigge sig gennem livet." sukkede Massen medfølende.

"Helt enig. Vi kan jo ikke have ældre damer gående sådan frit rundt på den måde her midt i løbetiden. Nu må vi se, hvor mange vi møder, vi skulle jo gerne have råd til en øl."

"Har de ikke noget socialt sikkerhedsnet hernede?" undrede Massen sig.

"Jeg tror ham der Berlusconi og mafiaen i øvrigt har raget godt til sig, så der ikke er penge til staklerne. Ulighed skal afskaffes, hvis det står til mig!" filosoferede jeg. "Medmindre man betragter det som et arbejde at gå rundt at tigge. Det er måske bedre end at sidde ved en symaskine hele dagen. Så får man i det mindste frisk luft og møder andre mennesker end de samme dag efter dag. Og det er skattefrit. I øvrigt mødte jeg i Istanbul en dame med en vægt under armen. Så kunne man blive vejet og betale en skilling for det. Det giver da mere mening end bare at række hånden frem. Nej, hende tyrkeren var der stil over. Noget for noget. ”

”Det kan du have ret i. Bare at række hånden frem må da være dødkedeligt. Hun var da lidt af en iværksætter, hende med vægten! Nogen gange drejer livet sig om at se sine muligheder, være kreativ.” supplerede Massen.

”Det der med at komme og forlange penge for en rose er noget af det mest talentløse, jeg har oplevet. Først går de på kirkegården og hugger nogle roser, og så er meningen at man skal forære den til sin kone, der skal gå rundt med sådan en stikkende satan resten af aftenen. Og hvis man ikke køber en rose, tænker konen at man er en uromantisk, nærig stodder.”

”Ja, det er bestikkelse!” sagde Massen.

”Be*stik*kelse! Haha - det var sgu det rette ord. Be*stik*kelse du – haha.”

”Nå, det var den øl.”

De fandt et fornuftigt sted, hvor de kunne sidde ude. Tjeneren kom med to store fadøl og tapas.

En pels vrikkede forbi med to små hunde i snor. Den ene hund lettede pludselig sit ene ben og tissede op af et palmetræ. Den anden stoppede også pludselig op og stak måsen i jorden, så pelsen gik bagover. Så tog hun sin mobil op, kiggede på den en tid og snart gik alle tre muntert videre uden at se sig tilbage.

”Se det kalder jeg stil, Massen! Hun forstår hvad arbejdsdeling betyder. Det er jo altid rart at lade andre tage det grove. Og det er der jo nogen der er bedre til end andre! Skal vi give hende et klap!” De klappede ivrigt i retning mod pelsen.

”Fint sted, vi har fundet her. Der sker da noget. Skål.”

"Skål! … Nå, spøg til side. Jeg føler mig faktisk lidt krænket af hende damen. Hvad siger du til at vi laver en MePoo-bevægelse?"

"MePoo er et godt navn – og det er på tide, vi slipper af med de lorterøve en gang for alle. Og vi kan vel gå mindst 20 minutter tilbage med vores anklager. Det vil give trivsel i gaderne."

"Ja, og frisk luft om jeg må bede. Og tænk bare på de mange parker, der vil blive frigjort. Det vil være noget af en revolution og skabe en helt ny fri bevægelseskultur uden fare for at blive svinet til."

"Mon ikke man kan lære hunde at gøre som kattene, så de skider i en slags kattebakke f.eks. med flyvesand, som kan dække høm-hømmen, hvis man monterer en lille blæser."

En idé var blevet grundlagt og ivrigheden efter at få den realiseret på nyhedsmedierne og de sociale medier var ved at tage form, da betænkelighederne og tvivlen meldte sig. Hundeelskerne kunne hurtigt komme i flertal. Og hvis ret skal være ret – og det skal det jo - må det medtænkes om ikke hunde ud over ytringsfrihed til at gø i både tide og utide også har hunderettigheder i form af ret til at få frisk luft op til tre gange om dagen og ret til at snuse til andre hunde ja røvhuller for at sige det rent ud. Tvivlen kunne meget vel komme de anklagede til gode. Så de blev enige om at vente med at igangsætte MePoo-bevægelsen til de kom hjem til Danmark og havde fået undersøgt sagen nøjere hos Dyrenes Beskyttelse. Om alt gik vel ville der måske på et tidspunkt åbne sig en mulighed for at MePoo-bevægelsen kunne slå sig sammen med Løkke Rasmussens nye bevægelse: Løkke-party. Den tanke valgte de dog hurtigt at forlade, da Lars Løkke vist nok havde hund.

Det var begyndt at småregne og de slog sten-saks-papir om de skulle tage en taxa hjem til hotellet eller blot slentre gennem regnen.

Indhold